寫生

郭哲佑

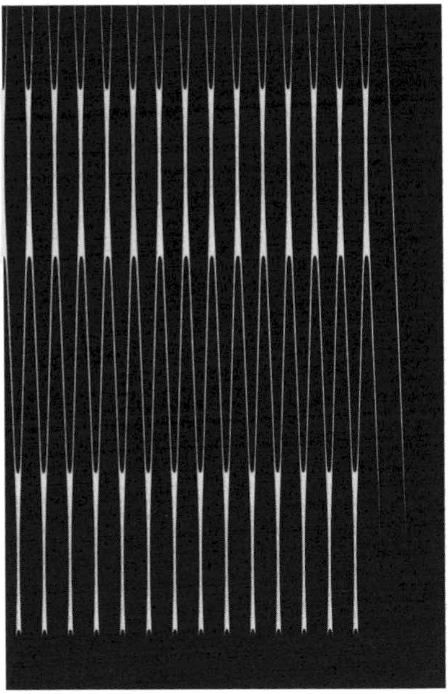

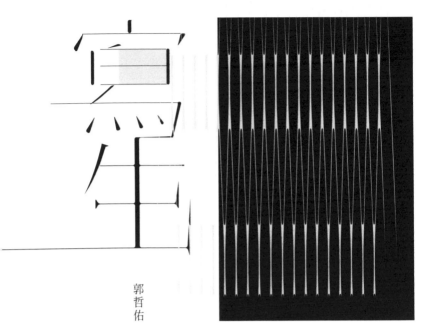

哲佑的詩溫潤如玉石，有堅實的內在品質，又有琢磨的技藝。《寫生》一集，不斷對「辭」本身進行凝視、撫摩與體認。他以極簡的「二字詞」標題，掘發語字深沉的力量；又以極佳的音樂性駕馭情思，使詩意漸次展布於篇章，不枝蔓，不招搖，但秀骨天成，氣韻流動而飽滿。這些詩有性情，有才力，能思維，敢探索，詩意空間奇大，卻充滿節制自持的美感。他總是使用多層次的語言從容訴說，把古意與現代思維統合起來；既敏於回應世界，又勇於領會傳統，在騷動中獨闢一片靜定。造語不難，風格為難，我喜歡哲佑淵雅而曼妙的風格，看似尋常最奇崛，禁得起細品慢讀。

——唐捐·推薦

《寫生》，寫誰呢？

想起懷才不遇的美術老師，懶懶的用雙手的拇指與食指圍成一個小相機的方框，「畫這框框裡面出現的就好」。

每個人小心分食自己的眼前，沒有誰在誰的框框裡。

想起國中的排字練習，每人帶著一塊方形大色板，排排坐在板子後面，我們看不見藍色、白色或紅色，看不見完整的字形，當然，也沒有人想看見我們。

只有我與你的郊遊。長長的山路，有雨後的泥濘，默默練習好幾遍「如果」、「是甚麼」、「但是」，後來發現最好用的是「不知道」。山在雨的後面，你在我身後，三個字的距離。

《寫生》原來沒有一個主詞。

我「與」你，「每」個人，或者我「們」，
生命沒有單純的主體；
依然、恍然、惘然，以為、還是、原來、曾經，
生命沒有絕對的描述；
不要、不在、沒有、無法，
即使徹底的消失，也是「徹底的實在」。

這是一堂寫生課，我們演練從無到有，從有到無的「關係」藍圖，
沉默的、恣意的，循線條抵達的……或許可以打開一顆詩心的宇宙！

——鄭毓瑜．推薦

哲佑的詩越寫越嫻熟，技術、意象、與造句，都開始成年了。而成年意味這它將釋放色慾與情感，那些或被我們作為「耽美」之困局的詞彙陣列。——哲佑變色了。成長，就是你從未知曉自己何以成為這樣的人。處男處女。這本詩集都留下來了。而後不是處男不是處女。……作為一個旁觀者……看著青純少年漸漸被自己的情慾充滿……多好。但他會不會喜歡這部詩集呢？我等待哲佑的下一變。你會變成狂野的烈愛者，還是鋁桶內的索愛人……這是最後抉擇的機會了。這本書就是一座火山，緩緩地把所有感情注入勢必冷卻的太平洋深水裡。可是，你有沒有想過：用一場燒毀半座天空的核子冬天，報復這整個世界呢？

或許你有。

但你跟我一樣不敢。所以我們繼續寫。沒有別的答案。

祝福哲佑。

——羅毓嘉・推薦

推薦序

輯一　約會

輯二　餘地

輯三　寫生

輯四——無人翻閱的故事書

輯五——山的證明

只要你過得比我好

廖啟余

一、

回顧局部、而郭哲佑可能心儀的文學史，確乎存在一明朗簡淨的文心與文術，代代被確認與執行。二戰之間，馮至（1905-1993）寫過「我們整個的生命在承受／狂風乍起，彗星的出現」，五〇年代的方思（1928-）託付那「紅胸的知更鳥」，開敞讀者的心窗，至於很可能是哲佑的建中先生的凌性傑，則寄懷螢火蟲，坦承「我便這樣不由自主地發光」，小我的詩藝本屬無有，只聽寫大有而成詩，

你已經離開
陽光清楚，照亮一切
沉默的風景

心裡無法裝載的
是神正在
為它們命名

——〈大有〉

不要人驚奇，竟讓人欣喜，吳岱穎曾說及「不是那種自以為是的理性連結，卻是真實可感的內在情緒……好風日好心情地好整以暇，仔細爬梳那神祕時刻內在隱藏的詩意」（《間奏》序），一如曾有孤島，「讓我發光／沿著黑色的礁石／安靜環繞一周」（〈孤島〉）——哲佑筆下的世界，一度這樣親密而陌生。

二、

《寫生》延續了哲佑在語言的簡樸，主題卻頗見創新，〈赴宴〉雖自陳「讓我撫摸這一束花」，如今卻敢於「讓我喝下這些冰冷的水」。《間奏》之後八年，詩人自信光明，竟投身現世的黑暗，他自問：

但那又是什麼在發光
沒有重心
沒有溫度

——〈太空〉

介入黑暗沿「劃分決然的兩邊」（〈來歷〉），《寫生》的核心無疑是自我與現世的頡頏。悽惶於自己被遺棄，「逝者如斯，轉瞬之間／是曾經有人／帶我渡河」是一種（〈河岸〉），決心要負載這敵意的現世，「花朵與蟲豸都是我／妳被愛／就在我面前」是另一種（〈垂憐經〉）；而那麼美麗，那麼遲疑，就名叫「餘地」的第二輯裡，哲佑終究依序寫下了給「消失的革命」、給「倖存者」、給「再來的革命」的三首詩。第一首〈大雨〉帶孤獨的清醒，等敵人消滅，乃悠悠提醒各人唯自己，才是自己「耗盡一生抵抗的敵人」；第二首〈鎮魂〉哄倖存者入睡，好讓美夢中能見證美夢的烏有，「讓黃昏落下，沒有疑慮／讓你入睡／明白我已消失」；到了第三首〈巡墓〉竟是催促，催促著自我的消滅：

猶疑之目
等待失去的一刻
黑暗中皆有所耿耿於懷
燃燒他，埋沒他

自我消滅，敵意不再有，悽惶也不再有，儘管已屬於別人，那幸福仍是值得自

我的祝福。於是，〈飛蛾〉勇敢說起這最後一種方案，

越靠近光亮，影子越淡
越能看見自己灰暗的羽翅
但你告訴我
正是這種溫暖
讓人們最後抵達了天堂

雖不乏先前的明亮溫暖，詩人的自我竟已被現世滲透、扭轉，才構成了《寫生》主題的更移。正如〈夏日午後火車上的答錄機留言〉，哲佑歷數了火車有孔竅能「吹奏深遠的歌謠」，日光有「疾馳的高音」，有鳳凰花四散，有終於的鋼琴聲朝杯中注水，直至原初的唱腔，已有「無法觸摸的顛簸高低」；正如原初的身形被確認，是在

灰色的牆，是水泥做的
它粗糙且真實
我仔細地畫上自己的影子
——〈長途旅行中前往過去的夢遊（以及醒）〉

三、

憑哲佑的敏銳想像，品味《寫生》的細部，難以否認這小小的快樂。他說採茶是「整座森林／仍有苦澀的口音」（〈新中橫〉），說晴日的觀音山是「世界彷彿萬頃琉璃」（〈觀音〉），〈（午後的）啟智與復興〉更生動，歷歷談起了「屋頂上都是被單／它們都要追我／風中傳來無數開門的聲音」，寥寥幾行勾描，便力求意義的顯豁，比起顧城〈水銀〉、〈城〉聯作，竟也毫不遜色。這每見直尋之功，當不夠顯豁，卻難免陷入體物與緣情的罅隙。所幸詩人總能毅然新闢一段，如〈蝴蝶〉所「找到一生的解答」，越一行，竟是「儘管不能改變什麼」，有驚無險，無奈，甜蜜。

四、

我結識哲佑在小林毀村的隔年，他的詩何有端倪，當留待少年朋友補充。成年的哲佑與我同屬一個詩的工會，每月我與栩栩、李辰翰、李承恩、黃崇哲、楊智傑幾人在某破落的城區咖啡館，煙霧的燈下與杯緣，靜聽他推衍詩的字句、結構、聲音、思想，敬畏這土壤雖貧困，看吶，也綻放心智的金銀花。纔數月，我自盛夏的大埔下田，畢業，再一年，赴早春的立法院站崗，當我漸漸傾向於生產美學而不只美，復介入政治為新的美學，是否為了與聞自我，在回聲，詩人這才全力歌唱？「只要你過得比我好……」，許諾是確有最本真的詩人，那最陌生的源始，郭哲佑仍這樣悉心寫著：

生命啊，沒有人阻止
我還想再說一次
讓我從頭開始
——〈寫生〉

遠處的研磨

謝三進

在哲佑面前，我時常覺得自己是俗人。尤其在他的詩面前，我彷彿調校波幅，搜尋訊號的老舊收音機。在很長的一段時間內，面對哲佑的詩，我只知道很好，但我幾乎無法詮釋。

對於喜愛透過詩作窺視別人的我而言，哲佑是少數我難以窺視的作者。當然我也曾懷疑：「其實這首詩根本就沒寫好吧？」不過當我在編輯《台灣七年級新詩金典》時，仔細翻閱哲佑的詩作，我確信那之中存在著什麼內斂的金質，只是我還未具備完全挖掘的能力。記得當時我是這麼介紹他的：

> 哲佑的詩題總是很龐大、很抽象，但哲佑的詩卻從來不會流於空洞、虛構，在

於他對日常生活諸多細瑣氛圍，確實有相當敏銳的體會。比如他不直接告訴你「雨林」，卻帶你跨越藤蔓與樹根交纏、蚊蚋爭相近身的現場；不直接告訴你他「明白」了什麼，但讓你逐字跟近他領會的心路歷程。

當時我也只能揣測一個氛圍，彷彿古老的探礦者，手持虛晃的探針，來回曠野盲尋已然存在礦脈，苦於不知如何挖掘。

我是這樣想的，哲佑把自己藏的很深，所以文字的密度才如此濃重、如此密實。因為太多情節不願意告以眾人，所以思緒的流動，只能緊跟內心的歷程，蜿蜒、曲折、漫流。從哲佑的第一本詩集《間奏》即如此，身為讀者的我們能從哲佑詩句中感受到那種流動，但始終無法揣摩它的源頭。

時間裡，感受彼此的繁盛／來往頻繁的記憶／正尋找窄小的門縫／與透明的鑰匙

——〈靜止〉

如果每天夢裡／都出現一千種告別的臉與手勢／當小鳥使我醒來／陽光照進公寓／我總是慢慢辨認／何者足夠帶領我真正的離開

——〈寓居〉

最初的我，太重視情節、太在意對象，以至於在翻讀《間奏》時，無法全心隨著哲佑的詩句移動，卻忽略了那些隱去情節的詩句，才更貼近事件本質。此種特質在哲佑這本新詩集《寫生》內依然如此，但有了更明朗的表達。

我試著更進一步推敲哲佑詩作神祕的來源，發現或許與詩句中頻繁出現的

「我」，與罕見的「你」有關。在哲佑的詩中，多數的時候只有「我」。如此孤獨，就算偶有「你」時，也總是存在著距離感。

哲佑詩中「你」的距離感，來自於不在場、回想，有時還來自於一種委婉的拒絕，拒絕的原因不明。這種「不明」或許是無意的隱瞞，卻恰好賦予了遺憾，屢屢展開哲佑詩中的沉思探究與情緒的蔓延。

> 對著我排列身後的陰影／沒有燒盡的部分／成為新的空白／你保留給我，讓我
> 停車／看見窗外高樓蔓延／像打開了世界的真理／而你下車、過街／微微遲疑／也
> 為自己留下餘地
>
> ——〈餘地〉

有時，「你」則是不會給予直接回應的物體，例如山、或者寺廟。有時，又是不願多透露的存在感，所以總是只有一閃而過的一點點蹤影。

它們會有新的故事／可能是另一次／公車站前的大雨／但此刻，將要全數墜落／而那一度散逸在外的／是你給我的彩虹

——〈山的證明〉

從不現以真身，所以才仰賴推敲與領悟。而有些「你」，更是難以辨認的存在。

山有神。你對我說／樹林有山鬼，石壁有神諭／當一條路不斷左傾／像迂迴而上的香／我手持圓盤，你說／不要輕易指出自己的結穴處

——〈神跡〉

因為這些帶著距離感的、有生命的「你」，以及難以定義的、非單一生命體的「你」，讓哲佑的詩句從描述拉高到思索。有些是經驗、有些則是神祕的領悟，只有哲佑能轉述。

閱讀到後面，不難發現哲佑心境的變化，是隨著走向山林的腳步。不只是景色描述的變化，連心境的鋪陳、對話的對象，都令他走向一個更為寧靜、穩健、深邃的境界。那些促成他的詩意不是來自內心的紊亂，而是一種沉澱的結果。我羡慕他那種平和的起手式，無須仰賴為愛傷神那種只能碎心的傾訴。

寡言、神祕，並且探究的結果不是另一樁愛情故事，它可以是更廣闊的領悟。詩意被推敲的思緒研磨、瀰漫，單獨存在而不寂寞，充滿曖昧但毋須詳解。這是哲佑延續《間奏》的達成，也是許多自情詩出發的詩人們，始終未能跨出的門檻。哲佑透過《寫生》一冊，證明這麼多年過去了，他依然持續迫近詩的核心，那是所有寫詩之人皆深深欣羨的。

我仔細地畫上自己的影子

李承恩

如果我們身處於對過去的省視裡，得到「因為你來了／我看見自己的手掌」這樣蘊含著因果關係的句子，意謂著我們試圖為過去找到一種必然性的解釋，跳脫偶然的混亂。這樣的句式出自於尋找自我的這一項欲求，也就將自己，以及和外在的人事物是什麼的關係，試圖釐清，而這個關係必須在已經完結中才有可能。

對於過去的事件而言，我們始終是，也可以是最後一個在場者，見證者，只要我們不從意識中離開，把門關上，彷彿我們就站在人事散盡的空間裡，寂靜無聲，靜默感受其意義：「這麼晚了／散落的東西該收拾乾淨／最後一個離開的人／打包行李，檢查信箱／面對黑暗／仍要記得關燈」，我們彷彿可以時時返身回去，「沒有什麼能真正屬於過去」，或者是事物主動向我們投出奇異的召喚：

風來雨走，天色仍在轉黑
彷彿過往之人現身
而去，留下陰影

面對天色逐漸將光線沒收的景象，作者所想到的，是過往之人曾在（現身），而現在已不在（陰影），這個陰影留下了實在的影響，這個陰影為何（可能就是）反覆現身（且以複數形式），因此，我們試圖將它投至完結性當中，以便定義；然則，我們也可以時時返身回去，重新讓它和「現在」產生關係。也就是在這樣的矛盾關係裡，過去不斷以奇異的靈光顯現在現在，產生影響。《寫生》就這樣充斥著過往的幽靈回聲：

你是霧／從水火中來／你是明暗變換的陽台上／一個抽菸的人／你是不斷穿越

我身體的幽靈／幽靈也有擁抱，你是／地圖上蔓延的路和電線／你是那線／縫住了我的傷口

那時我還不會開車／在後座，注視後退的荒野／為不同速度的人命名／它們都是火苗／需要燃點／和可燃物／不讓我參與事物的毀壞／只對我發光：

這個幽靈回聲不斷出現在流動的現在，並且縈繞不去（過往的幽靈回聲甚至投向未來，「在你未抵達之處」）。而對此，我們可以感覺到作者的堅定回應——和它正面遭遇，處理它，嘗試定義，釐清。從這樣的選擇中，我們感受到作者將它們體系化的鉅量欲求。這些體系般的詞彙：地圖、線、軌道、命名、構築……或是一連串「是」的判斷句使用：「是一本沒有頁碼的書／是一陣雨／和它過時的劇情／是一部安靜而冷淡的電影／是一條路，穿越了廣場／始終沒有人／在我面前走完」，甚

至有時不惜用一行將簡單的日常景物確放在那裡：雜貨店，國旗飄揚的小學，廢棄的鐵製信箱，水泥做的灰色的牆，紅紋鳳蝶……我們彷彿看到這個人坐在這些日常的景物面前數個日夜，靜默，困思，正面凝視它們，只為聽見抽象的意義向自己投召顯現。他必須先肯定這些事物確在在那裡。關於個人的存在感，個人在這個世界上的位置等等的答案，作者期待在這樣的投召裡會有所啟示：「燈還在天空與牆之間／灰色的牆，是水泥做的／它粗糙且真實／我仔細地畫上自己的影子」

畫上自己的影子這個動作至關重要，透過它，我們確立自己存在（有影子），並且也把自己放到必然性中（畫上），以證明自己在這個世界上的此時此地。另一方面，恐懼與焦慮就從這個行為中流溢出來，我（依然）牽縈的是我是否在的這項事實，這就是他為什麼要不斷回去檢視過往的根本原因——一直認為自己可能不在，且困思於自己為何如此在。但是，「面對現在，永恆只在當下／一些些遲疑就足夠

／向彼此證明時間仍然繼續在走」，存在不斷生成變化，只有死滅才抵達它的終結性，因此，難以用思考去涵攝它的運動狀態。我們想要，但無法將過去包含現在的意義確定下來，因為我們的存在持續進行著，但是我們又有如此欲求，成為兩股衝突的力，成為作品創造與生成的核心能量。「天空為月光移開了烏雲／照亮我，好好坐著／告訴我／這一切是為了什麼」——

欲求一種抽象且涵攝的解釋，這種欲求到最後，那個已經在永恆的，且永遠整全的神，便不意外地出現了：「你已經離開／陽光清楚，照亮一切／沉默的風景／心裡無法裝載的／是神正在／為它們命名」，「天空被打開／轉瞬間，黑暗匯聚成一棵巨木／直指向神。／而你的孤獨／是它沉默的盤根」，超乎個人控制與理解範圍之外的現象，我們偶然且暫時預設它有個決定者，即是神。祂將各個分裂的部分緊握在一起，給予未能解釋的現象一個暫時的解釋，我們必須創造出祂，才能緩解對體系化的鉅量欲求。

從前方投射過來的未來，以及那些過往，在此（其實早已）充滿一種形而上的光芒，像作者在〈離開〉裡說「筆直的前方／我將會親自抵達」，他已預設一個筆直的前方（但不知道那到底是什麼），就像那些過往會不斷向現在顯現，就像現在被過去所構築，一切都在變動（且因此就是未知），但可以想見的是，神不會是前方的終點，作者希望自己是那個創造者，從混亂的現象中找到並賦予它意義，也就是這樣的精神，貫穿整本詩集，成為一持續不斷的追尋（不知道最後能不能抵達終點），堅定，並且正面迎接——「生命啊，沒有人阻止／我還想再說一次／讓我從頭開始」，這種竦身追尋的精神，以及追尋中探勘出的幽微意義，即是他作品的核心，也是它之所以如此令人動容的原因。

輯一

約會

赴宴

因為你來了
我看見自己的手掌
是什麼長了，或者短了
是什麼讓琴聲延續
到了今天
讓我撫摸這一束花
讓我喝下這些冰冷的水

因為你來了
一步一步的來，好多熾熱
在動搖的人群之下

時間是空心的
我在其間緩慢旋轉
彷彿被你仔細地遠望
彷彿今夜過後
我將倖存
於你的手中

因為是你來了
風穿越荒漠的河岸
樹木畫出年輪
天空為月光移開了烏雲

照亮我，好好坐著
告訴我
這一切是為了什麼

懷人

規律生活
每日爬樓梯
度量自我轉圜的頻率
面窗，對閃爍的房子唱歌
成為一只音樂盒
觸摸自己突起的部分

天空下，是誰的體毛
不斷往體內擴散
黑夜匯聚在此
路燈都從心中走出

散落的人
那些空曠的臉
像一座山，有鳥飛遠
像一片草原
放棄蔓延

約會

始終能找到缺口
這個世界，太多重覆的細節
沒有誰能夠
讓自己準確的出現

這次先消失的是你
把心事拆散，成為陣雨
成為地圖上
陌生而憂鬱的高樓
收容紛飛的眼神
寄出信物

讓我看見黎明逼近，陰影流失
城市如手指
劃開身上深邃的破綻

看到你走來，維持默契
寫下細節
風雨將先行抵達明日
為我們守候
所有衰老

來歷

抵達時已是深夜了
深夜的小巷
屋舍狹仄地按住脈搏
彷彿再往前進
就是鋼索
黑暗中騰空的直線
劃分決然的兩邊

但你不用做出選擇
你是霧
從水火中來

你是明暗變換的陽台上
一個抽菸的人
你是不斷穿越我身體的幽靈
幽靈也有擁抱，你是
地圖上蔓延的路和電線
你是那線
縫住了我的傷口

所以什麼都沒有跌落
今夜，抵達此地
黑暗的小巷

四周是無聲剝落的牆
而你是藤蔓
在關鍵的環節上
靜靜開花

別物

不要說話
話語都有自己的意志
不要靜止
物體都會自己移動
不必要緬懷
即使著手清算自己
不要太過憂鬱

一切都不會消失
當你在家裡醒來
發現一個陌生的房間
陌生的風景和身體
不要試圖尋找昨天的日記
不要讓人以為
你不在這裡

因為有人會來檢查你的心
有人會為你的影子打光
讓你避開空難、戰爭

而不致感到匱乏
讓你相信想像就有力量
困境時遞給你禮物
平安才能拆封，讓你發現
是另一個人為你獻出了一生……
但不要說話
不要憂鬱
這時天氣都是晴朗的
有人已經給你幸福

那幸福將永遠屬於你

唯一的你
離開之前
不要忘記帶走

過時

終於也全數現身
當我走過此地
路燈閃滅，隱約有缺陷
收納多年前的窗口
那是心
是攤開之後
無法折回的信紙

但這並不陌生
多年來，我交手過許多天使
穿越曲折的禱詞

在你從未抵達之處
釋放煙火
極光遍野，暗夜行路
世界凝成薄冰
最緊密的距離莫過
裂痕開始的一瞬——

風來雨走，天色仍在轉黑
彷彿過往之人現身
而去，留下陰影
漸漸覆蓋
最後一個眼神

演技

有時需要一些輕盈
看看電視、電影
虛構許多事件
自由出沒每一個場景
讓所有無關的人物
都能冷淡地
往各自的結局遠去

懷疑一切都沒有用
收工了。看燈暗了又亮
以為黑夜過去，黎明已至

但什麼都沒有發生
你依然在這裡：在窗外
最顯眼的位置躲雨
在我與那些心機錯身而過之後
終於回頭，看見了我

但有時候不需要你
打開書，延宕這些飄忽的等待
雨水稀釋了屋簷下的人
一切事隔多年
一如往昔，我們還沒說出
該說的謊言

太空

這麼晚了
散落的東西該收拾乾淨
最後一個離開的人
打包行李，檢查信箱
面對黑暗
仍要記得關燈

大樓底下
雨絲洶湧明滅
風中佇立的站牌與店招
像一個被徹底探勘

最後失去意義的星系
是世界的真相嗎？
我們無法直視
也不願轉身離開
仍聽見電台傳來老情歌：
「只要你過得比我好
過得比我好……」
最困難的已經度過
可以燃燒的部分
都燒盡了

但那又是什麼在發光
沒有重心
沒有溫度
不存在的都被看破
輕易奪走，這一生
傷心的理由

籤詩

還是找到了
那張你遺留下來的紙條
它被握在手中，塞在口袋
最後丟進洗衣機
字跡模糊，以致於無法確定
我們是否真的已經
實現了所有讖語

這樣也好
沉默的部分才是真實
像那些在電話中，不說話的呼吸

新聞中插播的廣告
而世界並不暗淡、破碎
屋外的盆栽仍在生長
蔓延新的斑紋
新的影集裡，主角的微笑還在
暗戀已久的同事
終於成為了自己的家人

但猜想你試過更多
在狹窄的巷弄等待大雨
卻有人輕易將你救起，放回床上

允許你寫出下一張紙條
許多不同情節
都有一句話可以形容
足以紀念，最盛大的一場洪水
有最小的形狀成為護身符
以為多年之後，彼此都能記得
每一道親自按上的摺痕

也只有安慰、懷念
看陽光，往更深的角度磨練
那些神祕的字句

只剩下細碎、空白的紙屑
不知道攤開之後
是否會有一張新的地圖
標明我們身在何處
但這樣也好，永恆只在當下
一些些遲疑就足夠
向彼此證明時間仍然繼續在走

初衷

我曾像一棵樹，擦拭你
為你浮現細細的紋理
我曾像一面鏡子，倒映著另一面
讓你在轉彎時稍稍遲疑
我曾經把身體放進你的衣服裡
看你走來，穿上我
為了一些更重要的什麼

但你知道
我也曾有過各種可能
像一面牆渴望傾塌

像一本書篩濾發生的故事
像一個門鈴，像一扇門
不只是為了打開。
像一道樓梯發出鋼琴的聲音
對你說，也對自己說：
「我們的愛還在場
只是結束前，不能拍手……」

你知道那些雨
無論多麼高多麼曲折
終究會落下來，見你一面

就像你知道愛帶來傷害
然而你也知道
愛的初衷

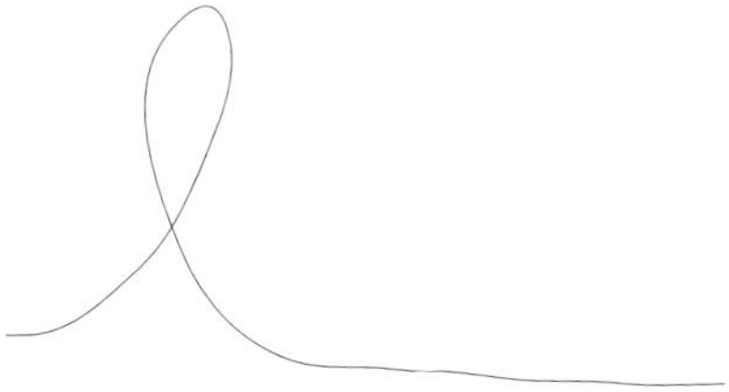

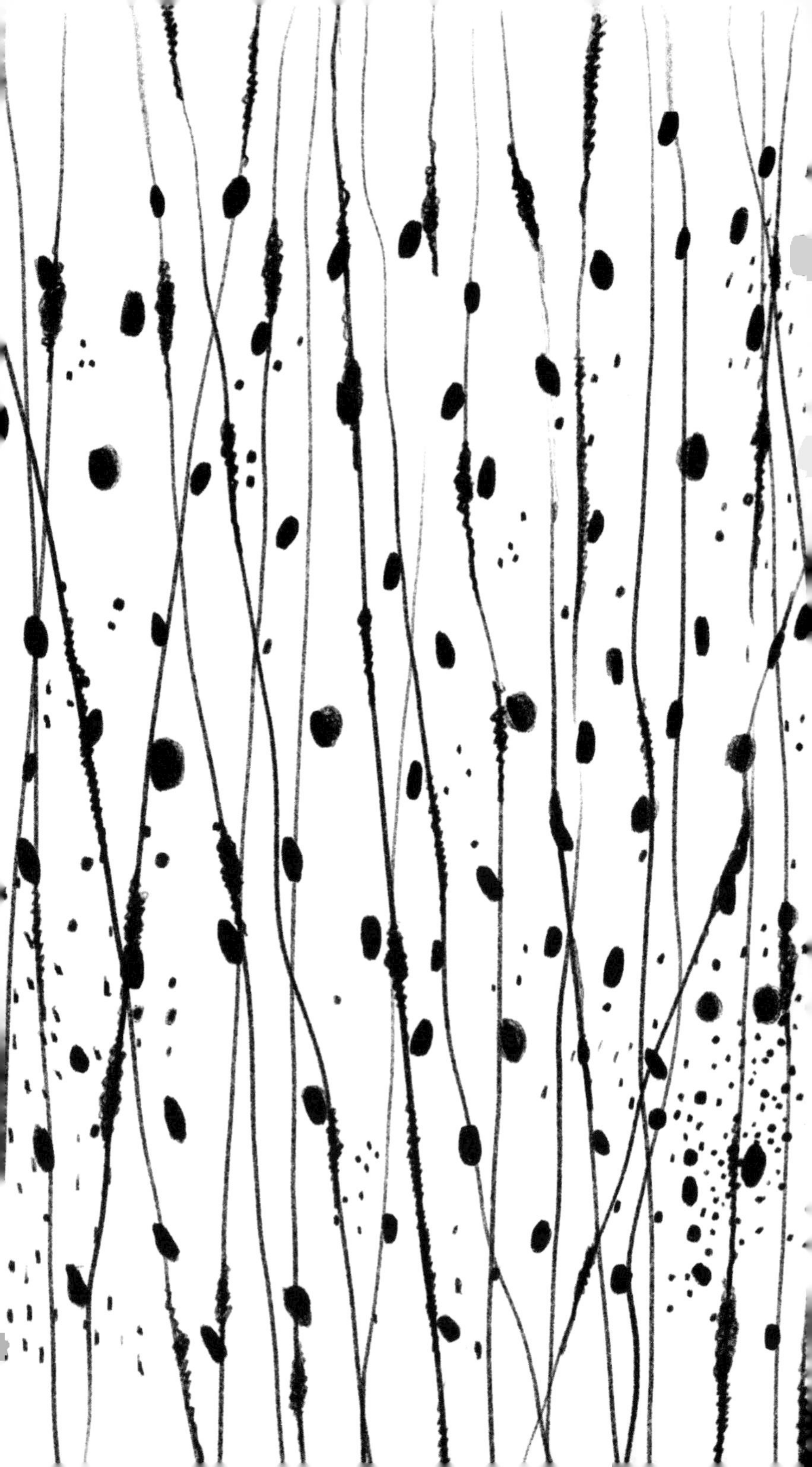

輯二

餘地

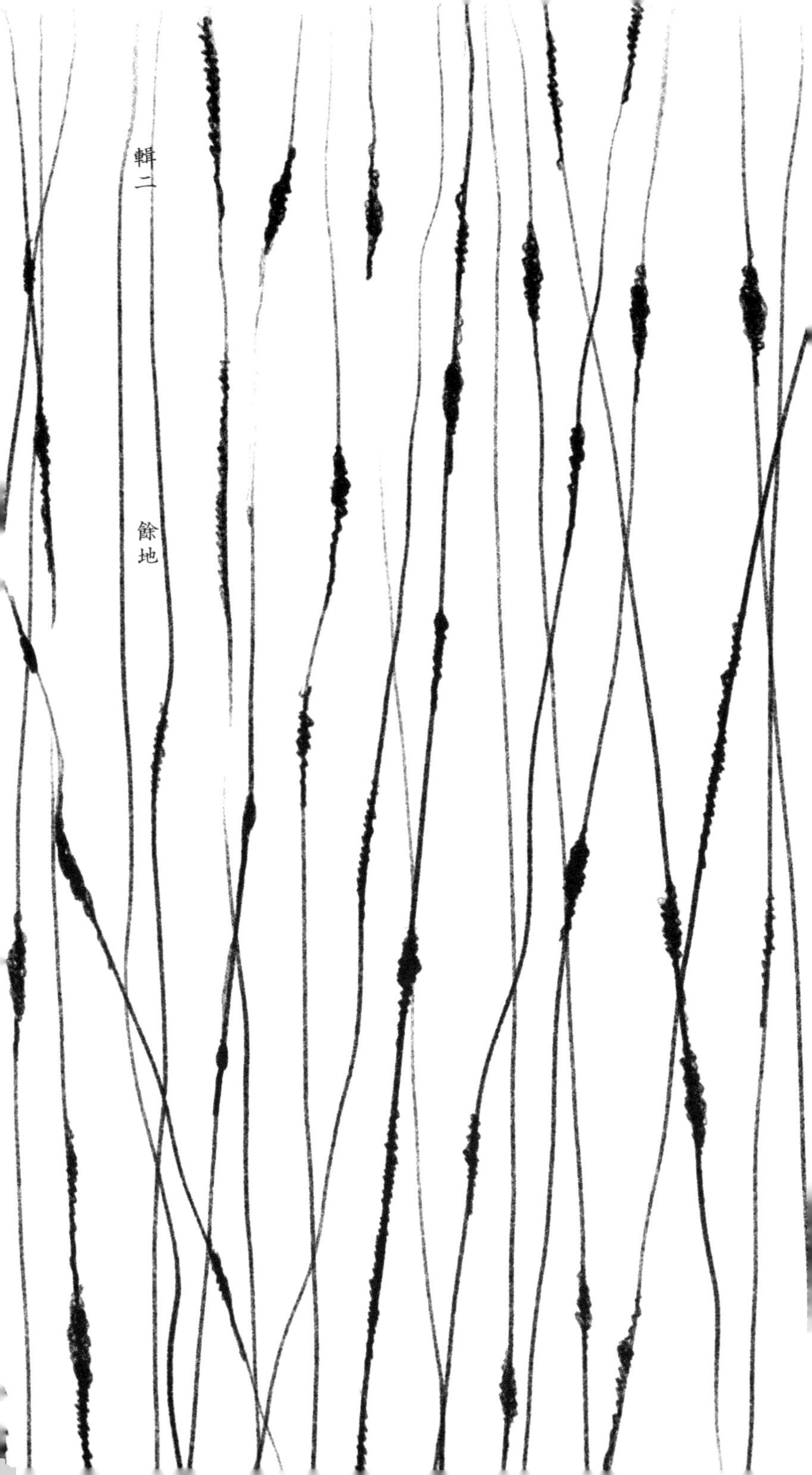

迷宮

這些都不是必然的方向

我也曾在微雨的傍晚離開

看著返家的學生結隊、分散

交織的巷弄裡

沒有什麼能真正屬於過去

如同我一再節制，也無法阻止

早晨醒來，黎明總比夢境更加繁複

那些你曾經指引的

我確實都畫好了地圖

每個路口都有相應的遠方

每一面牆，都有背離它的人

當等待者陸續坐上公車

只有我知道

一直沒有人走出

這座城市真正的缺口

孤島

星辰全部隱沒

面對海洋，機車頭燈閃爍

彷彿是許多個自己

簇擁著，交織著

終成為黑暗裡

唯一的汙點

原來海是真正的盡頭

足以淹沒多餘的人生

讓潮水翻騰

日月升降

暴雨應時而來

擴散身體，敲打中空的聲音

安置眾神的來歷

成就一個鬼魂——

讓你穿越我

讓這些寒冷來自擁抱

此時此地，已無其他可能

讓我發光

沿著黑色的礁石

安靜環繞一周

末日

再度回到這裡

這一次，擁有更多清醒的理由

咖啡陸續端上，畫出拉花

在微亮的燈光下

我們值得活得更好

不需要過多的想像

取悅渺遠的星辰

不需要離開自己的位子

今日在你對面，見證平安

人們交談議論：

一切動盪只是為了

寬恕曾經犯下的過錯

哪裡是最後的關卡？

當你微笑

對美好適時表達遺憾

人生從此一帆風順

天色晚了，總有路燈

這世界永遠無法

徹底地消失

近況

近況不錯

還能在臉書上留言

不留下言外之意

近況平安

多半在夜裡入睡，清晨醒來

夢全部做完

近況佳，遠景皆收眼底

友人行動觸手可及

大頭貼美肌

感情限本人閱覽

近況像一個塗蠟的蘋果

美麗動人，需要削皮

像一張床

可以適時翻身

透露，或不透露赤裸的部分

近況像一杯水喝了一半

一再被服務生倒滿

像看見同一段話被不同的人引用：

「是一襲華美的袍爬滿蝨子
　在我身體裡，是我的光
　是一個生命意義
　在於創造宇宙繼起
　之生命……」

是面對你，身在此地
什麼都不必想
是像一個小孩單純
卻並不無知地說出：你好嗎？
好在哪裡？
好在自拍時，笑比哭容易
生活從來都有目標
好在每一天
都還有人願意這麼問我
成為我的近況

餘地

已經是最疲累的時刻
才驅車來到這裡，送你回家
十年過後
我們是唯一抽長的雜草
熟悉的地景
有真正的主人

那時我還不會開車
在後座，注視後退的荒野
為不同速度的人命名
它們都是火苗
需要燃點
和可燃物
不讓我參與事物的毀壞
只對我發光：

對著我排列身後的陰影
沒有燒盡的部分

成為新的空白

你保留給我，讓我停車

看見窗外高樓蔓延

像打開了世界的真理

而你下車、過街

微微遲疑

也為自己留下餘地

大雨

——為消失的革命而作

大雨來襲時我並不在

而今雨停了。城鎮平穩

即將結束的周末

人們都已歸位

像一個平凡的圓

像垃圾桶裡的空罐

不再發出聲音

積水將完全消失

安靜的彩虹，穿越好幾座高樓

才順利抵達遠山

雨確實曾擊中了要害

不痛不癢，沒有痕跡

卻濕潤了那人手中的書信：

他還不明白，因為一個雨中離去的場景

他就是自己

耗盡一生抵抗的敵人

雨落下之處都成為要害

雖然雨不會再來

我沒有看見如箭如針的天空

沒看見被打穿的傘

被縫合的人群

我的乾燥是適宜的

一無所有卻也一無所失

彷彿可以輕易融入陽光裡

看陽光在玻璃帷幕上畫出漣漪

像即將滴落的水滴

又像是緊握過，成為拳頭

而終於要鬆開的手

是一個完美的圓

將要實現所有的寬容與諒解

我身在其中

擁有自己的眼淚

鎮魂

——為倖存者而作

每天都有黃昏
從我的左側侵入
但沒有什麼新的陰影
草依然是草
無論是否願意
獻出委屈的露水

我只是一再攤開自己
在時間面前
兌換出走的人
讓他們快走，奔跑
涉過久久一次乾涸的溪，留下腳印
等待你經過
見證水線蔓延
曾經淹沒我的左胸

如果一切都還在
而你不再回頭

這些年，我作了許多替身

為你鎮守浮動的山河

讓黃昏落下，沒有疑慮

讓你入睡

明白我已消失

巡墓

——給再來的革命者

小石碎路

在嚴謹的結構下

給他一點溫度

讓他傷心，為他傷心

藍色門廊

吹簫者將要走遠

打開你沙製的行李

撫摸他，放棄他

魅影幢幢

都是曾經立下的標的

在上面行走吧

依循他，踐踏他

猶疑之目

等待失去的一刻

黑暗中皆有所耿耿於懷

燃燒他，埋沒他

迷途

是我已經遺忘的那些
我曾打開過的
各種鐵門
門後的長廊
演繹著各種錯解

是在風聲中
不斷蔓延的樹木
是曾經從窗口往下望
最終遠去的人
他的列車已經離開
他的手還在左右擺動
掩護中心的匱缺

是一本沒有頁碼的書
是一陣雨
和它過時的劇情
是一部安靜而冷淡的電影

是一條路，穿越了廣場

始終沒有人

在我面前走完

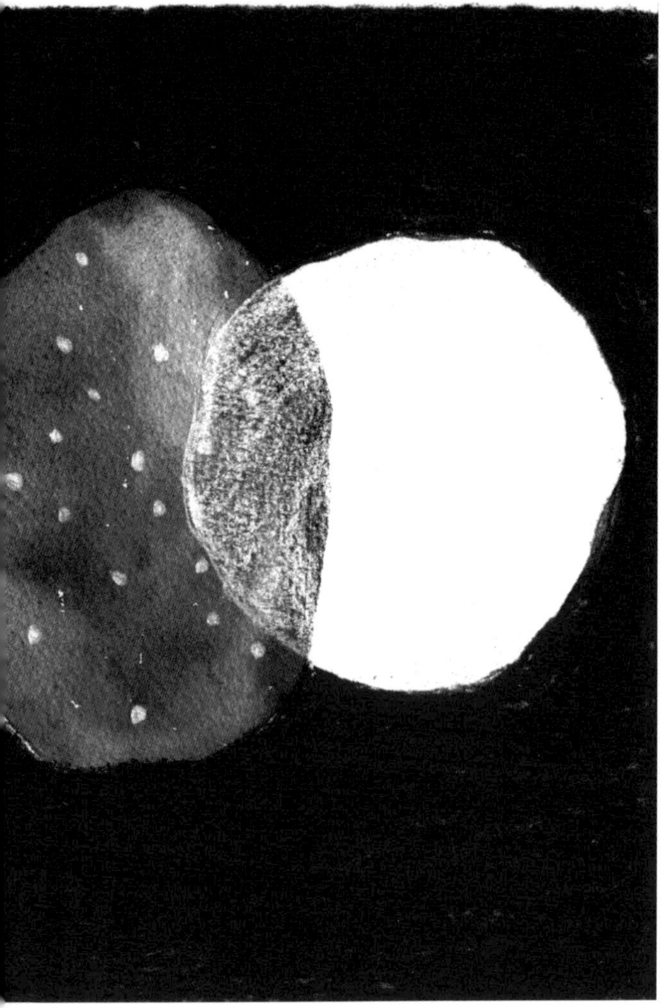

輯三

寫生

河岸

岸邊有草
有最深入的投影
雜貨店、國旗飄揚的小學
相互扶持的磚瓦
在側門圍牆
有人翻閱
我覆蓋其上的指紋

那透露著什麼
當河面轉清
我終於可以依憑單車

順流而下，抵達海
看夕陽圓融
支流蔓延
堤防指引新的人群

指引我移動的光，行走的雲
城市在眼中交織成網
而岸邊有草
有最隱蔽的解釋
逝者如斯，轉瞬之間

是曾經有人
帶我渡河

關渡

我不是第一次來到這裡
站在大橋上，看順風的候鳥
異地裡往返、追溯
沿著游移的邊界
辨識自己流失的體溫

這裡曾經只是一片大水
後來成為濕地、河濱公園
成為觀音與媽祖之間
浮出又消散的田地
河水在此匯流

像山與海，包圍的路途
像神像面前的筊杯
願意穿越手掌
跌落地面
讓攤開的心成為歷史

一如捷運筆直往前
趕赴巨大的潮差
燈火點燃，掩飾河水的流向
曾經我來過這裡
飛鳥留下天空

汽車從交織的公路離開
這裡已經沒有關口

實現

午後安靜
車子從眼前經過
紅色的線條裝飾社區大門
還要幾個小時
孩子才會到家

錯雜的盆景彷彿無人
螞蟻在附近繞行
沿著磚縫等待死亡
死亡帶來食物
帶來重量

那些迷失都是真的
無水的泳池
廢棄的鐵製信箱
曾經我說出它，實現它
抵達此處
曾經我看見中心

但光線又要分散
像握過的手一一鬆開
取出鑰匙

在這棟大樓的中庭
成為天空

蝴蝶

無所事事的假日
總是如此：打開螢幕
陌生的事故交織成世界
鮮豔、清晰
如我們擁抱時
播放的那首歌曲

如同那些宴會
以及赴宴的人
反覆排練存在的意義：
如何同時擁有美麗，與翅膀

在最後一朵杜鵑落下以前
找到一生的解答

「儘管不能改變什麼。」
彩虹並非只出現在雨後
動物園裡，還有調節的溫室
我們想嘗試的
除了飛行
還有交配與死亡

還有寂寞、分離的愛

似曾相識的心事
停止在孩子們的手上，就要飛去
而我退回房間
為了下次的相遇
繼續隱忍自身的醜陋

飛蛾

憶起關於你的一切
打開檯燈
讓故事穿透書頁
靜靜撫摸彼此的動搖

黑暗裡，草木環環相繞
那曾是最不敢面對的
完美的神靈
如今他們成為了神燈
包裹我們
煙霧一般的意志

真相一直沒有出現
越靠近光亮，影子越淡
越能看見自己灰暗的羽翅
但你告訴我
正是這種溫暖
讓人們最後抵達了天堂

寫生

彷彿可以從頭開始
天色剛黑的傍晚，繞過學校
繞過路燈與天橋
直視世界
將懷中的心意一一歸位

仍有人在操場上跑步
企圖拉遠時空，在固定的軌道上
為人們測量命運
鋪展季節
潮汐正在起落

拍打，沿著擴散的邊界
樹木都願意顫抖
提醒我
今日所佔用的維度

花朵需要盛開
氣球需要顏色
星星，排列所有拉鋸
原來都是被圍繞的中心
生命啊，沒有人阻止

我還想再說一次
讓我從頭開始

缺席

時序進入秋天
有什麼要對我說
當車輪走過，印痕留下
匯集新生的雨水：
一場剛結束的座談
你是否正透露著一些
未成型的典故

許多人準備離開
他們放了一首全新的歌
不讓我留意浮動的細節

聲音有風，玻璃門開了又關
我們的杯子已經斟滿
等候你放心、微笑
安置所有蒼老多疑的註腳
留下最後一個位子
對我說話

傾聽

爬上那個斜坡
能看見日出的形狀
小路旋轉，將要到來的夏天
想起曾經說過的話
破綻都已縫合
樹葉遮住了所有回聲

漸漸抵達自己的城市
放眼望去，建築林立
召喚錯置的人
那姿態像雨

又像是手
撫著瑟縮的胸口

世界描摹它的形狀
刻畫日出，不刻畫日的陰影
刻畫一首新的歌
在旋轉的小路盡頭
願意親自
走進我的手中

下一次，你會告訴我歌裡的故事

遞給我你的針刺
遞給我關口
讓我們穿戴整齊
平穩離開

大有

打開窗戶
陽光仍有溫暖，照亮彼此的臉
儘管你將要離開
像一班到站的公車
像一朵雲

像照片裡
陽光從背後鋪展長日
咖啡冰塊正在融化
揣摩許多口吻
那是多年後，另一個城市

將要實現的文明

仍然也有雨
有閃電，有掠奪一切的暴風
有巷弄之中
無端走來的人
有遙遠的書中世界
和默讀的你的聲音

你已經離開
陽光清楚，照亮一切

沉默的風景
心裡無法裝載的
是神正在
為它們命名

夏日午後火車上的答錄機留言

接通了才知道你不在家
也許在更安全的角落，聽到鈴聲
才驚覺火車已經離開你的城鎮
那裡曾經都有充裕的時間
讓經書讀完也有信仰
讓天堂有通路
而野草在磚縫中生存。可以有手
知悉身上的孔竅，吹奏深遠的歌謠
才想起曾拉起一只風箏
在林中奔跑，無法把紙上的字念給你聽
但希望風也可以抵達你的手心

你是否仍和我一樣
不熟悉生活的頻率
而願意說一些話，按一些按鈕
鋪敘許多曲折的來歷：
哪些人遲遲未歸，哪些問候
一再淹沒了往日的小城
轉眼夏日即至，火車沿著日光離開
疾駛的高音久久不散
又是哪些人站在門前與風拉鋸
敞開流血的胸口？
臨別的眼神如四散的鳳凰花

短暫飛行後，墜落在地上
仰望小城中蜿蜒上升的對白
是它們一度代替我，讓你傷心

但可以收容一切說過的故事嗎？
如果說了就必須屬實
如果沒有話語，我們還能發出什麼聲音？
也許真正穿越風聲的是雨
真正的固體是水，它們不曾改變
無論此刻是在誰的眼中
我想你，像落下的陣雨

迷走於車廂之間
我的愛是未發生的悔恨
只能留白。可以收容自己嗎？
在自己的聲音裡
無法觸摸的顛簸高低

它先是短促
接著拉長，蔓延至未知的盡頭
像列車過站不停
持續穿越每一個熟悉城鎮。世界如此大
如何相信我們的相遇？

你不在家或許也平平安安
身處某間餐館，聽疏落的鋼琴演奏
時而向杯中注水；
可能，還有一點餘裕
重新默讀一封即將寄出的信
在雨聲之外等待雨停

輯四

無人翻閱的故事書

無人翻閱的故事書

開始很緩慢
我看見天空
聽見琴聲
小鎮剛準備好下一個冬季

我們於是升高了音調
走入教堂
撥弄羞怯的鐘
看見孩子們穿越好多樓梯
樓梯都有扶手

小心翼翼
太陽又要下山了
河流從手裡流出來
在城鎮邊緣
還有人沿街巡視
在房子上跳房子

有點冷，但小孩不怕冷
他們把雙手打開
坐在橋上
琴聲漸漸停了
沒有留下新的名字

（午後的）啓智與復興

曾經告訴我的
是否已實現
夏天又來了
今年夏天比較晚

今天我休假不上班
午後小城
巷弄裡的小貓一溜煙的消失了
只剩下空白的牆
有人對著它練琴

放眼望去，好多熱氣
卻也有人對此不服
不斷加快腳步
成為那些你說過的句子

午後小城
琴聲又快又重
雜貨店老闆手持涼扇
屋頂上都是被單
它們都要追我
風中傳來無數開門的聲音

盆栽之念

灰色的陽台
車子在堤防外
堤防內是什麼？

彷彿是沒有盡頭的路
慢慢從身邊落下，我伸出手
撫摸斑駁的地面
坐在家裡
終於也要長大

而電燈開了又關
有一個人在我身後離開
我不知道
他有沒有發現自己的顏色

就像關上紗門
好多意義，蔓延成網
誰都不能說自己
沒有目的

長途旅行中前往過去的夢遊
（以及醒）

慢慢沿著灰色的牆走
這是清晨還是黃昏
路燈亮著
我沒有看見太陽

火車是在牆的另一邊
它正穿越野草
吹散草上的露水
它正停在一個人的夢外
替他拉好窗簾

我沒有辦法看清楚
它已經要離開
它的聲音、它的晃動
已經足夠
讓我表達感謝

讓我留在緩慢的這一邊：
燈還在天空與牆之間
灰色的牆，是水泥做的
它粗糙且真實
我仔細地畫上自己的影子

一個戰地記者的報導

有誰說話
像是代替命運發言
像一個空無一人的房間
紅色的布幕和紅色的椅子
像無法乾涸的血液

一開始不是這樣的
一切都是清晰的
脆弱的手指
不會輕易被剪接
如果它曾經指出了什麼

但一切都在循環重複
像春天
像我們的身體
像誰代替任何一個人說話
說的人就是聽者
聽的人失去自己的故事

那是一個散場的夜晚
爆炸的星星
枯萎的人
已經沒有任何聲音了啊
對不起，這轉播還要繼續下去

垂憐經

我的父親
曾告訴我世界
在這座鋼琴之中
它是我的母親。她發出音階
由低到高
觸摸著我的全部

她是木桌上
陸續熄滅的蠟燭
我的父親打開了窗
帶來了雨，告訴我一一撥開
是母親走過的小路
沿途的果實啊
掉落之前，不要忘了歌唱

歌唱那些從空中
四面而來的手
它曾使父親流血
讓經書中的火焰各自歸位
妳不掛念，我的母親
花朵與蟲豸都是我
妳被愛
就在我面前

金鳥與金蘋果

為什麼夜晚總是有人
在耳邊走路
為什麼窗前的那棵樹
從來不曾開花
錄音機，有沒有屬於自己的寓言
如果風雨代表寧靜
如果顫動的雜訊象徵
唯美的失敗
那一生的成功是否可以
像一個睡前故事
一樣慵懶

這故事裡有隻鳥
連毛都是金色的
牠吃金蘋果
讓果核紅溜溜的露出一半
並適時掉下金毛
才能顯示牠的優雅品味
讓金籠、金馬、金公主的出現
都為了成就這今生
今夜，最美麗的錯誤

七層樓

像走在針尖上
後來才發現，這是迴旋的樓梯
有人站在樓頂
等我走近
緊緊擁抱他

到達的時候天空很藍
沒有一片雲
走過的針逐漸長大
成為新的建築
空無一人的房間，他在哪裡

還不到墜落的時候
卻隱隱有聲音從地底傳來
那是雨
是一雙手
和一落鬆脫的琴弦

已經是頂點了
四周只有風願意經過
在消失之前
為我傳遞
來年的人與來年的故事

十年

寫詩十年
風格開始丕變
不願面對的真相逐漸浮出，鼓起
知道花博裡所有花的名字
以及花中現身的女子
她們都不需要詩
只需要澆水……

寫詩十年
磨一劍，抵住自己咽喉
像悲憤的吞劍者
故作決絕時總是有人鼓掌
不斷要求拉低下限……
寫詩十年
是該讓動物們出場了
各路人馬皆發出聲明：
請魯蛇盡快歸位，等候獵鷹
在攫取之前
牠會站在一切的峰頂

十年寫詩
靈感全數被詩沖散
「但我喜歡讀詩」，有人說
文學無用

不存在的讀者更是沒用
（正在失業云云）
四顧茫茫，有酒而無詩
當初懷抱著的夢想啊
十年之後
我們都是朋友

輯五　山的證明

神木

是夏季開始的那一天
你走出小屋
穿越雜草，腐木
終於找到
樹林裡隱蔽的隕石
（他們還在睡吧，你想
在構築、裝飾自己的住所
在尋找紮營的空地
那生火之處
鑄煉著更精緻的文明……）

天空被打開
轉瞬間，黑暗匯聚成一棵巨木
直指向神。
而你的孤獨
是它沉默的盤根

小寺

樹枝間有錯落的陰影
依序到此，我隱然察覺的行蹤
那或許是你
或許是你虔誠的信仰
讓我站在陽光下
繼續往上

那些蝴蝶與雜草
並不知道供奉的神祇是什麼
也漸漸佔滿了山谷
石上的字跡模糊

像線香纏繞在神像面前
緩慢燃燒
偶有人來，都是路過

除此之外，可能
也不是我能夠看見的
如果一生只有請求安穩
聽風穿過樹林，陰影參差
說出發生的故事
希望你能原諒
我終究是更改了口音

清明

是否立在頂端
才能看見所有的陰影
是否相由心生，鏡花水月
難以融入更難脫身
真正的山脈在山脈之外
真正的人
天空沒有核心

但我相信你
確信山勢傾斜
有人扶住危疑的步履

是雨水落地，抽長葉脈
螞蟻沿著木梯周旋
字跡順著風向消失

你從這裡出現
風從陰影帶來音樂
掠過雨，成為雨後的路途
掠過門成為等候
掠過埋下的種子
成為今年遲來的花期

雨後一切將消失
漫長的假日
山勢傾斜如伸出的手
將要穿越煙霧，抵達我的小城
而你在此，山徑上屢屢回顧
那些新生的遠方
於是都有了盡頭

觀音

——給台北觀音山

終於進入你的身體
坐在車上，世界彷彿萬頃琉璃
不斷更換顏色
而山河仍是山河
如同植物發芽，開花
遮住天空
光亮都來自陰影

遮掩心中群起的念頭
成為一座山脈
可以屹立，匯流千萬的生滅

可以仰望
細數羅織的星燈
可以帶我攀越蜿蜒的禱語
聽見哭聲隆隆
落下是粗糙的土砂

沒有人能安然的原諒
也沒有人說明一切來歷
港灣在遠方，貨櫃機具高聳
彷彿封藏一個祕密
為了證明而一再打開

彷彿我是一個秘密
但沒有人知道
我已不在自己的身體裡

慈悲的臉孔
山根之鼻，水淵之眼
我停在此處
恍惚間無數身影前來解答
但山河仍是山河
許多事物仍在等待發生
它們有自己的聲音

烏來

——給烏來與雲仙樂園

你知道我還會再來
如同今年的雨季也來了
早春烏來有霧
你是否霧一般打開了自己
是否收容了落花、飛鳥
收容往來的遊客
看他們梭巡交織
霧中彌合破裂的山谷
如此，你也成為這山中之神了

以飛練作為繩索
那麼高，那麼曲折
仍要流淌下來，指引樂園
為我誦咒。儘管我也願意為你重來
為你運送薪火
為你刺面，紋身
為你成為赤子而哭
為你儲存眼淚。火中之淚
我能夠抓住嗎？
在這大橋上
你知道

我是不能鬆手的

但雲來，霧來
浴蘭湯兮
這雲裡的神仙啊，原來不是烏有
山谷間你的話語也來了
它們靜靜綿延，覆蓋身體
容受我
認清我
凝結我，適時落下而成為雨
送我離開

山的證明

——走三貂嶺瀑布古道

鐵路自此一分為二
月台像是荒廢的崗哨
由右走，石階迴旋向上
小學已無人跡
野鳥啄食一地的蘋果

山路不陡，而有重重蛛網
懸掛古老的日影
風流過崎嶇的小徑
匯聚於手中，與掌紋相映
這些記憶都屬於你

但我可以面對，並實現
所有窮途的可能
紅紋鳳蝶飛過石壁
穿越我，暗示著光影斑斕
一切總是默默相關

瀑布還在泥濘的前方
剛下過雨，世界潮濕而有聲
是否真的有人
複沓我們逝去的腳印？
彷彿不是，是小蛇潛伏

落葉底下蛻去情緒，蛻去理由
看見我仍然步步向上
山勢與村落
願意成為證明

成為繩索，古道的行者
成為自己的泉水
在樹林包圍間湧出而後消失
它們會有新的故事
可能是另一次
公車站前的大雨

但此刻，將要全數墜落
而那一度散逸在外的
是你給我的彩虹

彩虹

——給新中橫

這次新的旅行
我們不說多餘的話語
颱風剛過，天空有灰色的鷙鳥
休旅車迴旋在樹林中
隱隱是什麼
在潮濕的空氣中擴散
匯聚，成為村落
成為錄音帶裡
一首消磁的老歌
龜殼花曝屍在路上

山河破碎之時，是怪手指引
落石與雲霧的源頭
猴群一再現身
迎接我們，隨即逼迫我們離開

民宿在轉彎處建起樓房
人們剪下茶葉，徹夜烘製
整座森林
仍有苦澀的口音

孩子們被趕去睡了
偌大的夜晚，颱風剛過

天空排列完整的虛線
那是下一條河流嗎？昨天
才找到彼此的制高點
如今雨水落盡，成為瀑布
日出之後
車子將前往彩虹吊橋

夜宿塔塔加

還未到達真正的山頂
儘管沿途的霧已經散去
當我走下車，氣溫驟降
樹葉成為針刺
發現長久以來所要遮掩的
終於太過壯麗
連成了一片完整的星圖

是山羌的叫聲
標蛇留下的蛻皮
讓那些不敢直視的黑暗

都有了神靈守護
躺在地上，迎面是風
堅持的信念也轉為溫帶
孕育許多溫潤稀有的物種
為踟躕的人
指引下一座等待命名的草原

那就是我。流星畫過大熊的手臂
收訊滿格的手機
還有一些值得感慨的留言
那是拙於表達，洶湧的心

是高聳的山林展示世界
給予我滄桑的露水與榻床
如同飛鼠發光的眼睛
城市的每一個夜晚，我也點亮了頭燈
在夢與生活之間
尋找安置自己的停車格

然而到了這裡
薄霧又起，暫時掩護夢境
還未到真正的山頂，已經深夜了
往前是山徑與派出所

山莊之內，電視機報導最新的社會新聞
我遙想此地，也曾有過的鐵路、大火
無數杉木幼苗
順著人類的手掌
預言彼此的新生與死亡

或許，姑且擁有單薄的夜
現在接近夏天，我們年輕而無知
撥開飛舞的蚊蚋與蛾，往前走
看清自己身處之地
看見微弱的光

收攏分散的陰影與體溫
將身上的每一吋空隙填滿
山頂將有風
讓我成為崎嶇世界的一部份

神跡

——走武嶺、廬山、清境農場

山有神。你對我說
樹林有山鬼，石壁有神諭
當一條路不斷左傾
像迂迴而上的香
我手持圓盤，你說
不要輕易指出自己的結穴處
不要輕易透露自己
成為神的渴望

我不確定神是什麼
但我知道，繼續往上

就是山路的最高點
我知道，草原瀰漫煙霧之時
看不見的是鄉愁
而看得見的
是民宿、客運、下午茶
是相機一再按下快門
提醒我打開眼睛。你說
山有神，不要直視神的臉
如果你發現祂
沒有想像中的悲傷

只是一切都如預期
山石崩落，體溫依舊
在黑暗的岩壁旁交流冷熱
落寞商家點著菸
照射一隻迷路
靜默的菊池龜殼花
我也可以迷路嗎？在神面前
什麼是真正的死亡
如果失去墜落的能力
要站在哪裡
才算是抵達一切的峰頂

但你說：在這裡
每個地方，神已經為我們
創造萬物。其實我是願意傾聽
仔細分辨這些：棕面鶯、
酒紅朱雀、白耳畫眉
我願意為你記錄沿途的風景
平穩的公路上
每一次，再一次，為一個可能的神跡
讓自己的卑微
都有來歷

墓誌銘

「自然愛隱藏」
——Heraclitus

讓我隱藏起來
像一片森林
包裹著一面牆
一個人承載著一副身體

儘管有人還站在林裡
對我說話
為我製造陽光
給下一個夜晚

那些圍牆內的夜晚

原來，都將成為海洋
在我緊閉的唇齒上
放上貝殼
從我攤開的手掌中
追溯河脈

看不見我
世界就開始重生
那會是什麼時候
是地震、颱風、海嘯
是火山灰，淹沒一座城市

創作，彷彿靜觀各種私造的演化法則，宇宙藍圖；或者單純過生活，確認自己仍有意義，比如樓上的鋼琴聲，盆栽上的蟲蛹，喧囂而過的車陣。夜晚大霧的陽明山。

把自我投擲到世界，傳來的回聲卻又標示了自我的存在，我的文字只是在為二者校對。真正的生不在這裡，它隱藏在我們的眼中。

寫生

愛讀文學 73

作者　郭哲佑
主編　張立雯
行銷　廖祿存
封面、內頁美術設計　朱　疋

社長　郭重興
發行人兼出版總監　曾大福
出版　木馬文化事業股份有限公司
發行　遠足文化事業股份有限公司
地址　231 新北市新店區民權路 108 之 4 號 8 樓
電話　02-2218-1417
傳真　02-8667-1065
email:　service@sinobooks.com.tw
郵撥帳號　19588272 木馬文化事業股份有限公司
客服專線　0800221029
法律顧問　華洋國際專利商標事務所 蘇文生 律師
印刷　成陽印刷股份有限公司
初版 1 刷　2018 年 1 月
定價　新台幣 300 元

ISBN　978-986-359-492-5

紅樓詩社
Crimson Hall Poetry Society
本詩集獲紅樓詩社補助

國家圖書館出版品預行編目（CIP）資料

寫生 / 郭哲佑著. -- 初版. -- 新北市：木馬文化出版：遠足文化發行, 2018.01
196 面；12.8×21 公分. --（愛讀文學；73）
ISBN 978-986-359-492-5（平裝）

851.486　　106024584

千年後的考古學家
為自己的文明
證實了它

如果是你站在這裡
如果是你的身體隱藏了我
不必擔憂
你擁有時間
我擁有的不過
是一面安靜的牆……

那就纏繞我吧
像藤蔓，藤蔓上的鳳蝶
像落在地上的星宿
諭示般的話語
像陽光照射樹林
千萬片葉子
為此落下淚水

是我，我的生活與存活
讓我隱藏起來
每一天

在你眼中

後記

時常想起小學第一次上美勞課，老師發下一張白色圖畫紙，請全班同學畫下校園一景。當時我呆坐兩節課，始終無法下筆；因為一旦開始記錄，總是會發現紙上所繪與眼前的景象相差太遠。後來為解決我的困境，母親讓我上了繪畫班，我才知道原來現實要從抽象理解，先讓所見的一切變成不具意義的點、線、面，才能順利完成一幅畫作。而那些看似天機盎然，栩栩如真的寫物畫，許多也都是透過熟記心法完成，比如畫鳥，中國畫說「翎毛先畫嘴，眼照上唇安，留眼安頭額，接腮寫背肩……」依著指示一筆一筆勾勒，便不難畫出精工的飛禽。

寫作似乎也是如此，這本詩集所寫，經過文字的拆解重組，呈現的不是現實的複製，甚至可能只是一種情懷，挾帶著偏見與誤解。更多時候不寫，我看其他人的